MW01705596

L'Arbre à souhaits

Texte et illustrations : Thierry Nouveau
Mise en couleur : Drac

Nathan

Conforme à la loi du 16 juillet 1949 sur les publications destinées à la jeunesse.
ISBN : 978-2-09-122804-4
Imprimé en France par I.M.E. by Estimprim,
25110 Autechaux - N° d'éditeur : 10239338 - septembre 2017

FSC
www.fsc.org
MIXTE
Papier issu de sources responsables
FSC® C022030

ANNA, SA GRANDE SŒUR, SON GRAND FRÈRE ET SES PARENTS VIENNENT D'ARRIVER AU CHÂLET POUR UN WEEKEND À LA MONTAGNE.
WAOUH !
IL FAIT FROID, TROP FROID.
HEIN ?
BIP !
QUEL AIR PUR !
C'EST RIGOLO DE MARCHER DANS LA NEIGE !
HI ! HI ! HI !
CROC !
CROC !

ANNA ADMIRE LE PAYSAGE. ELLE LE TROUVE MAGNIFIQUE...
WAOUH !
EH ! ON FAIT UN BONHOMME DE NEIGE ?
PFF !
PFF ! C'EST POUR LES BÉBÉS !
BIP !
BIP !
UNE BATAILLE DE BOULES DE NEIGE ?
ON N'A PLUS L'ÂGE !
DE LA LUGE ?
LAISSE-NOUS TRANQUILLES ! NOUS AVONS UNE MISSION À TERMINER !
BIP !

AH, PAPA ! MAMAN ! ON FAIT UNE RANDONNÉE ?
PLUS TARD ANNA. NOUS DEVONS D'ABORD RANGER NOS AFFAIRES.
PFFF ! CE N'EST VRAIMENT PAS DRÔLE D'ÊTRE LA PLUS PETITE. LES GRANDS NE VEULENT PAS JOUER AVEC MOI !
HEUREUSEMENT QUE J'AI APPORTÉ MON MAGAZINE PRÉFÉRÉ !
WAOUH ! UN JEU CONCOURS : "GAGNEZ UNE SEMAINE POUR 2 PERSONNES À HOLLYWOOD PENDANT LE TOURNAGE DU PROCHAIN FILM DE HARRY COVER" !
L'EMBÊTANT, C'EST QUE POUR GAGNER LE CONCOURS, IL FAUT RACONTER UNE HISTOIRE EXTRAORDINAIRE AVEC DES PHOTOS POUR PROUVER QU'ELLE EST BIEN VRAIE...
...ET MA VIE N'A RIEN D'EXTRAORDINAIRE !
AU SECOURS !
?

AIDEZ-MOI !
?
AU SECOURS !
IL Y A QUELQU'UN LÀ-DEDANS ?
OUI ! OUI ! JE SUIS TOMBÉE DANS CE TROU !
?
OH ! QUEL PETIT PERSONNAGE BIZARRE !

FATIGUÉE... JE SUIS SI FATIGUÉE...
OOOOH...
ELLE S'EST ÉVANOUIE !
PAPA ! MAMAN ! MATHIS ! CAMILLE ! REGARDEZ !
? ? ? ?
MAIS JE NE VOIS RIEN DU TOUT.
MOI NON PLUS.
!
MAIS... ?!?
SUPER BLAGUE ! TU AS RETROUVÉ TES MAINS, C'EST ÇA ?
?!? ÇA ALORS !
JE NE RÊVE PAS POURTANT !
ANNA EST TRISTE.

?!
OÙ... OÙ SUIS-JE ?
N'AIE PAS PEUR. JE NE TE FERAI AUCUN MAL.
QUI ES-TU ?
JE N'AI PAS PEUR CAR JE SAIS QUE TU ES GENTILLE.
JE SUIS UNE NISSE.
UNE NISSE ?
UNE FÉE, SI TU PRÉFÈRES. JE M'APPELLE KNIT ET J'HABITE EN SCANDINAVIE.
MAIS... QUE FAIS-TU LÀ ?
COMME CHAQUE ANNÉE ...
...JE QUITTE MON PAYS ET VOYAGE SUR LE DOS DES OIES MIGRATRICES QUI VIENNENT PASSER L'HIVER EN FRANCE.
IL Y A UNE SEMAINE, UNE TERRIBLE TEMPÊTE NOUS A SURPRISES EN PLEIN VOL...

ET LE VENT M'A FAIT TOMBER À DES KILOMÈTRES D'ICI.
AÏE !
J'AI LUTTÉ DE TOUTES MES FORCES, MARCHÉ DANS LA NEIGE POUR VENIR JUSQU'ICI...
...ET JE SUIS TOMBÉE DANS CET HORRIBLE TROU !
KRAAKK
TU ES VENUE EN VACANCES ?
OH NON ! JE SUIS VENUE ACCOMPLIR LE MÊME RITUEL QUE CHAQUE ANNÉE : OUVRIR LA PORTE DU "GRAND ARBRE À SOUHAITS" AVEC CETTE CLEF QUE JE SUIS LA SEULE À POSSÉDER. CET ARBRE SE TROUVE PRÈS DE CE CHÂLET.

LE "GRAND ARBRE À SOUHAITS" ?!
17 HEURES ! JE N'AI PAS LE TEMPS D'EN DIRE PLUS !
?
LE RITUEL DOIT AVOIR LIEU DANS QUINZE MINUTES ! ET S'IL N'A PAS LIEU, LE "GRAND ARBRE À SOUHAITS" NE S'OUVRIRA PLUS JAMAIS ! ET LA MAGIE DISPARAITRA !
NE T'EN FAIS PAS KNIT ! JE VAIS T'AIDER. ENSEMBLE, NOUS IRONS PLUS VITE.
MERCI ! MERCI, ANNA !
À GAUCHE !
À DROITE !
TOUT DROIT ! NON ! À GAUCHE !
TROIS PAS EN ARRIÈRE !
CINQ À GAUCHE, DEUX À...
...DROITE ET TOUT DROIT !!
PFFF !
PFFF !
PFFF !

!
LE VOICI !
?
BONJOUR KNIT !
BONJOUR LES AMIS. JE VOUS PRÉSENTE ANNA.
BONJOUR KNIT !
BONJOUR KNIT !
BONJOUR KNIT !
NOUS COMMENCIONS À NOUS INQUIÉTER. IL EST PRESQUE 17 H 15...
MAIS MAINTENANT, JE SUIS LÀ.
CLIC ! CLAC !

ALLEZ-Y LES UNS APRÈS LES AUTRES. PAS DE BOUSCULADE. ET N'OUBLIEZ PAS : UN VŒU PAR PERSONNE.
"GRAND ARBRE À SOUHAITS", MA FOURRURE ROUSSE EST BIEN TROP VISIBLE SUR LA NEIGE POUR LE CHASSEUR ET SES CHIENS...
VLOUF

MERCI ! MERCI !
OH...
"GRAND ARBRE À SOUHAITS", JE NE TROUVE PLUS QUE DU LICHEN À MANGER EN CETTE PÉRIODE ET J'Y SUIS ALLERGIQUE.
HOP !
VLOUF
DES CONSERVES DE PETITS POIS ET DE CAROTTES ! CHOUETTE ! MERCI ! MERCI !
"GRAND ARBRE À SOUHAITS", J'AI CASSÉ MES SABOTS ARRIÈRE LORS DE L'UNE DE MES CABRIOLES SUR LES SOMMETS ET JE NE PEUX PLUS ESCALADER LES PAROIS DES MONTAGNES.
VLOUF
DES BOTTES À CRAMPONS ! YAOUH ! MERCI ! MERCI !

"GRAND ARBRE À SOUHAITS", JE SUIS EFFRAYÉ À LA PENSÉE QUE L'ARRIVÉE DU PRINTEMPS ME FERA FONDRE...
HOP ! HOP !
VLOUF
MERCI ! MERCI ! "GRAND ARBRE" !
IL ME FAUDRAIT UN COUP DE MAIN LES AMIS !
IL S'Y ENFERMERA PENDANT LES SAISONS CHAUDES ET EN RESSORTIRA INTACT AU DÉBUT DE L'HIVER !
EH OUI ! HI HI HI !
ET VOILÀ, TOUS LES VŒUX ONT ÉTÉ UNE NOUVELLE FOIS EXAUCÉS !
KNIT, KNIT...
OUI, MADEMOISELLE ÉDELWEISS, QU'Y A-T-IL POUR VOTRE SERVICE ?
J'AURAIS MOI AUSSI UN SOUHAIT À DEMANDER À "GRAND ARBRE".
JE M'ENNUIE PLANTÉE LÀ, DU MATIN AU SOIR...
JE VOUS DÉPOSE DANS L'ARBRE.
VLOUF

YAOUH ! DES PIEDS ! J'AI DES PIEDS ! MERCI ! MERCI !
MERCI "GRAND ARBRE À SOUHAITS". MERCI POUR EUX. ET MERCI À TOI ANNA. SANS TOI, JE SERAIS RESTÉE COINCÉE AU FOND DE CE MAUDIT TROU ET CE RENDEZ-VOUS MAGIQUE N'AURAIT PAS EU LIEU...
ET CELA MÉRITE BIEN UNE RÉCOMPENSE, NON ? QU'EN PENSEZ-VOUS "GRAND ARBRE" ?
WAOUH !
LA RÉPONSE EST "OUI". ALORS QUE SOUHAITES-TU ANNA ?
LE CONCOURS DU MAGAZINE ! C'EST LA PLUS EXTRAORDINAIRE DES HISTOIRES À RACONTER ET JE SUIS SURE DE GAGNER LE PRIX ! IL ME FAUT DES PHOTOS DE KNIT, DE "GRAND ARBRE", DE ...
MAIS NE VAUT-IL PAS MIEUX QUE TOUTE CETTE HISTOIRE RESTE SECRÈTE ? QUE PERSONNE NE VIENNE EMBÊTER "GRAND ARBRE" ?
...ET RIEN NE SERA CERTAINEMENT AUSSI BEAU QUE CE QUE JE VIENS DE VOIR...
TU NE VEUX RIEN ?
CE QUE JE SOUHAITE "GRAND ARBRE À SOUHAITS", C'EST QUE CE MOMENT DE PARTAGE ENTRE VOUS TOUS DURE TOUJOURS...

EH VOILÀ ANNA, "GRAND ARBRE" VIENT DE SE RENDORMIR POUR UNE ANNÉE ET JE DOIS REPARTIR REJOINDRE MA PETITE FAMILLE EN SCANDINAVIE.
CLIC ! CLAC !
KNIT, COMMENT VAS-TU RENTRER CHEZ TOI ?
OH, LÀ, C'EST UN RETOUR EXPRESS...
J'Y SERAI EN MOINS D'UNE DEMI-SECONDE. C'EST LE VŒU QUE M'ACCORDE "GRAND ARBRE" CHAQUE ANNÉE.
J'ESPÈRE QUE NOUS NOUS REVERRONS, KNIT...
QUELQUE CHOSE ME DIT QUE "OUI", ANNA...
BIZ !
À BIENTÔT !
À BIENTÔT KNIT...
ANNA ? ANNA ?
OUI, MAMAN, J'ARRIVE ...
FIN